기획의 말

그리운 마음일 때 'I Miss You'라고 하는 것은 '내게서 당신이 빠져 있기(miss) 때문에 나는 충분한 존재가 될 수 없다'는 뜻이라는 게 소설가 쓰시마 유코의 아름다운 해석이다. 현재의 세계에는 틀림없이 결여가 있어서 우리는 언제나 무언가를 그리워한다. 한때 우리를 벅차게 했으나 이제는 읽을 수 없게 된 옛날의 시집을 되살리는 작업 또한 그 그리움의 일이다. 어떤 시집이 빠져 있는 한, 우리의 시는 충분해질 수 없다.

더 나아가 옛 시집을 복간하는 일은 한국 시문학사의 역동성이 드러나는 장을 여는 일이 될 수도 있다. 하나의 새로운 예술작품이 창조될 때 일어나는 일은 과거에 있었던 모든 예술작품에도 동시에 일어난다는 것이 시인 엘리엇의 오래된 말이다. 과거가 이룩해놓은 질서는 현재의 성취에 영향받아 다시 배치된다는 것이다. 우리는 현재의 빛에 의지해 어떤 과거를 선택할 것인가. 그렇게 시사(詩史)는 되돌아보며 전진한다.

이 일들을 문학동네는 이미 한 적이 있다. 1996년 11월 황동규, 마종기, 강은교의 청년기 시집들을 복간하며 '포에지 2000' 시리즈가 시작됐다. "생이 덧없고 힘겨울 때 이따금 가슴으로 암송했던 시들, 이미 절판되어 오래된 명성으로만 만날 수 있었던 시들, 동시대를 대표하는 시인들의 젊은 날의 아름다운 연가(戀歌)가 여기 되살아납니다." 당시로서는 드물고 귀했던 그 일을 우리는 이제 다시 시작해보려 한다.

강릉, 프라하, 함흥

문학동네포에지 066

이홍섭 시집

강릉,
프라하,
함흥

시인의 말

어쩌면 시를 다시 쓸 수 없을지도 모른다는 생각이 얼마나 마음을 괴롭혔던가. 시의 창끝은 언제나 나를 겨누고 있고, 그대의 창끝은 언제나 바깥을 향하고 있으니 나갈 수도, 그대에게 다가갈 수도 없는 불구의 사랑이여. 그러니 어쩌겠는가.

1998년 4월

이홍섭

개정판 시인의 말

첫 시집을 열었다 닫고 나면
온몸이 노곤해진다.

경포해변에서 안목해변까지 걸어가며 만났던
투명한 햇살과 아지랑이들……

두 발이 땅에 닿지 않으면
해송 아래 모래를 파고 잠들었던가.

그로부터 너무 멀리 왔거나
그로부터 너무 멀리 가지 못했다.

2022년 겨울
이홍섭

차례

2부

3부

1부

큰 슬픔

새들은 날아서
하늘을 품고

바람은 불어서
허공을 안는다

인간만이 걸으면서
큰 슬픔을 껴안는다

나의 경전

나의 경전은
경전 속에도 없고
경전을 짊어진 절에도 없다

백담사 오르면
만해 지나고, 시습도 지나
쪼르르 달려가는 곳

비바람에 당호도 지워지고
옥개석도 떨어져나가고

다만, 거기 한편에
엄지손가락처럼 서 있는
무명의 부도 한 기

나는 그곳에서
소리 내어 경전을 읽는다

단식 광대 3

시를 쓰는 대신 굶기 시작했다
생쌀 같은 날들이 지나갔다

그사이에 바람이 불고
낙엽이 지고
세월이 숨가쁘게 지나갔다, 아이들이 돋아나고
이웃집 노파가 죽어가고
기르던 새가
철창에 날개를 처박았다

내가 아프지 않은데
세상이 어찌 아프겠는가
아프다고 말할 수 있겠는가

입을 열면
생쌀들이 하얗게 쏟아져나왔다

꽃피지 않았던들

그대 사랑
꽃피는 바람에 사라졌습니다
꽃피지 않았던들
우리 사랑 헤어졌을까요

밤에 듣는
빗소리, 천년의 시간을 펼쳤다 접는
저 연잎의 하염없음으로
우리 사랑, 밤을 건넜겠지요

그대 사랑
꽃피는 바람에 사라졌습니다
꽃피지 않았던들
우리 사랑 언제까지나
후드득, 후드득 피어났겠지요

꽃피지 않았던들
꽃처럼 피어났겠지요

강릉, 프라하, 함흥

카프카는
살아서 프라하를 떠나지 않았다
뾰족탑의 이끼와
겨울 안개가
그를 기억한다

내곡동 지나
보쌀 지나
남대천 둑방을 따라
바다로 간다
안목에 가면
바다가 둥지고, 바다가 무덤인
갈매기들이 산다

자야곡(子夜曲)

쓰라린 불빛도
멀리서 바라보면 꽃이다

꽃 진 세월을
안개와 몸 섞으며
그가 가고

깊은 밤
나는 적멸이 되어
꽃 한 송이 피우지 못할 때

저 멀리 듬적듬적 꽃피는
불빛, 불빛들

해바라기

내가 언제
한 번이라도 순교한 적이 있었던가
목울대가 넘치도록
울어본 적이 있었던가

저토록 빼곡히
자잘한 상처들만 보듬어왔으니

내 한 번도
고개 들어본 적이 있었던가

백담사의 봄햇살

백담사의 봄햇살은
고드름과 함께하지만, 그 햇살
너무나 고와
한겨울 폭풍 설한을 견딘 무쇠 고드름도
지순한 표정으로 녹아내린다

하여, 마음속 번뇌란 번뇌는 모두 부화되어
노란 병아리가 되는데
그러면 또 나는 멀쑥이 서서
병아리, 병아리가 법당 마루에 올라가
일렬종대로 귀순하는 물방울 소리에 스텝을 맞추는 것을
지순한 표정으로 바라보곤 하는 것이다

불타는 섬

외로움이 힘이 되어
한없는 응시가 어느덧 사랑이 되어

저렇게
활활 타오르는 섬

꽃의 결락

배롱나무 본 마음에
자꾸만 불두화가 핀다
불두화는 부처님 곱슬머리 닮은 꽃

마음은 입산을 떠나고
몸은 남아
홀로 늙어가니

세상의 꽃들이
지금 결락을 앓고 있는 것이다

낙산사 배꽃

의상은 가고
배꽃 같은 선묘는 홀로 남아
떠나간 의상을 그리워하니

그 천년의 기다림으로
낙산사는 여자가 되었다

배꽃이 필 때면
선묘는 그리움을 실어 먼바다에 몸을 맡기고
그러면, 빈 절을 지키는 담장에는
온통 눈물 같은 별들이 돋아나니

배꽃 필 때
낙산사에 오면
선묘는 없고, 댕그라니 담장만 남아 있다
담장만 남아서
가슴에 박힌 별들을 뜯어내고 있다

매화의 창

어느 귀머거리 화가가 그려준
매화 한 폭을
벽에 걸어놓았더니

어느 날 벽이 열리면서
창이 하나 났다

벙그는 매화 사이로
당나귀 한 마리와
조금 무거워 보이는 봇짐과
싸래기눈이 지나갔다

넓고 넓은 바닷가에

티브이도 끄고
여자도 끄고
차 같은 건 오던 길로 돌려보내고

귀머거리 삼 년, 벙어리 삼 년
그렇게 지내다보면

파도 소리에
살아온 내력 같은 것이 쓸려가
밤새워 몸살 앓는 일일랑은
일어나지 않겠지요

청파 여관
—경포

두 량짜리 기차가
지나가던 그곳에
이제는 기차 지나가지 않고

대신, 기차 지나가는 소리에
가슴 저미던 여관이 하나 남아 있는데

나는 자꾸만
죽은 나방이 끼어 있는 숙박부를 뒤적이며
속도를 줄이던 딸랑이 소리며
커져오던 불빛이며
기차 바퀴처럼 따스했던 수선스러움을
생각하는 것이다

잃어버린 만돌린에 관하여

만돌린은
두 줄이 엉켜 울어야
제 소리가 난다 아버지는
파르르 떨며
여덟 줄을 한꺼번에
울릴 줄 아셨다 비 온 뒤
내리는 투명한 햇살 몇 줄기 뽑아다 심으면
만돌린 꽃 피어날까
생각하며 깜박 잠이 들다 깨어나보니
열아홉 살이 되었고
아버지는 더이상 만돌린을
울리지 않으셨다 만돌린은
두 줄이 엉켜 울어야
제 소리가 난다 내 나이 서른이 되어
무엇인가 엉켜 울며 제 소리를 내고 싶을 때
잃어버린 만돌린은
자꾸만 문풍지를 흔들며 찾아와
가슴 저 밑을
시리게 울리는 것이다

순개울 바닷가
— 석남에게

바다처럼 상처가 넓어지면
아득히 내가 떠다니고
그러면 까마득히 내가 보이지 않게 되리라는 희망이
마음을 달래줄 때가 많다

순개울 바닷가에 오면
넓디넓은 바다 위로 두런두런 섬들이 모여들고
내 삶의 행로가
끼룩끼룩 보이기도 한다

견딜 수 없는 연민이라는 게 있다면
순개울 바닷가를 달려볼 일이다
와서 반쯤만 젖어볼 일이다

저녁밥 짓는 연기가
솔솔 피어오르는 마을 쪽으로
마음의 반을 돌려놓고

버드나무 한 그루

마을 어귀에 서 있는 버드나무 한 그루
수도승처럼 긴 머리칼과
하염없는 그림자

마을에 들어서는 사람들은
누구나 버드나무 밑을 지나가야 한다
그러나 사람들은
온몸에 묻은 버드나무 그림자를
금세 잊어버린다

저물녘, 노을 진 하늘을 배경으로 서 있는
버드나무 한 그루
사람들은 알 수 없는 힘으로
그 밑을 지나왔던 기억을 되살린다
마치 버드나무 아래에서
사진이라도 찍어놓았다는 듯

밝음과 어둠 사이
알 수 없는 신비한 힘이
버드나무 한 그루를 거기에 있게 한다

화이트 크리스마스

소리도 없이 내리는 눈이
사철나무 가지를
뚝 뚝 부러뜨리고 있다

눈은 내리는데
눈은 쌓여만 가는데

지금 저 먼 데서
내가 아는 한 사람이 몹시 아프고
그 사람은 지금
내가 설원을 건너
푸른 심줄이 돋아나는 그의 이마를 짚어주길
간절히 바라고

하지만 나는 지금
창 너머 하염없이 내리는 눈을
그냥 바라만 보고 섰는 것이다

눈은 나리는데
눈은 쌓여만 가는데

어디선가 사철나무 가지는
뚝 뚝 부러지고

그늘, 그늘

불타오르는 열정도
거꾸로 처박히는 자멸의 몸짓도
일찍이 가져본 적 없다

다만, 지나간 삶이
지금 지나가는 그늘만하겠다는 생각을
어느 다 자란 느티나무 아래서 해본 적이 있다

그때가 언제였는지
지금은 곁에 없는 한 사람을 몰래 떠나보낼 때였는지
어쩌면, 그 훨씬 이전부터였는지

나는 또다시 느티나무 그늘 아래서
곰곰이 곱씹어보는 것이다

굴산사 당간지주

산들은 낮고
하늘은 높고도 높아서
나는 속절없이 죄인이다

가도
가도
죄는 씻을 수 없다고
굴산사 당간지주는
저렇듯 마주보고 섰는 것이다

오래도록 마주만 보고 서 있는 것이다

검은 항아리

—미친 여자

그 여자는
늘 그 자리에서 어둠을
맞았다 어둠은 천천히 그녀를 스며
그녀를 있는 듯 없는 듯
세워놓았다 행인들은 그녀를, 어둠을 스쳐
지나갔다 처음에 그들은
그녀가 미친 여자라는 사실을
몰랐다 오랜 시간이 흐른 뒤에야
행인들은 그 어둠을 어렴풋이
알아보았다 그러나
그뿐이었다 그녀는 그녀가 서 있는 건물의 모서리를
닮아갔다 그녀의 몸에서
천천히 곰팡이가
피어났다 건물은 낡아갔고, 모서리는
부서져내리기 시작했다 그녀가 왜 미쳤는지 아는 사람은
아무도 없었다 도시는 그것을 물어볼
겨를이 없었다 마침내 건물은 사라졌고
그 자리에는 온몸을 유리로 치장한 새 건물이
들어섰다 그 여자는, 모서리는
사라졌다 그러나 언제부터인가
땅거미가 지기 시작할 때 그 앞을 지나가는 행인들은
흠칫 뒤돌아보는 버릇을 갖게
되었다

춘천, 프라하, 함흥

이렇게 안개가 내리면
귀가 커 외롭던 카프카가 좋고
모르긴 해도, 당나귀를 닮았을 백석이 좋다

멀리 불빛, 불빛 같은 것도 잠기고
살아 있는 것들 모두 겸손하게 사라질 때
언덕 위 자취방에 돌아와
주인집 노부부가 아끼는 노란 국화를 바라보는 일도

마음은 척추를 다치고

마음이 척추를 다쳤으니
세상이 어찌 그늘이 아니겠는가
함부로 돌아누울 수도 없으니
그대가 어찌 나를 껴안을 수 있겠는가

뜬눈으로 밤을 지새우는 그대여
머리맡에 놓아둔 물이 다 마르면
내가 그대를 껴안아주리라

마음 약한 별들만 가득한
내 품속 새벽하늘을 보리라

2부

섬

바다가 기르는 상처

만약
저 드넓은 바다에
섬이 없다면
다른 그 무엇이 있어
이 세상과 내통할 수 있을까

강

—사람들은 강을 보듯 죽은 사람의 얼굴을 내려다보았다
(마르케스)

그해 여름
뒷산에서 내려온 아카시아 뿌리는
방바닥을 뚫고
마침내 천장을 뚫었
다 아버지는
톱을 들고 와 매일 뿌리를 잘랐
다 누이는
오래도록 잠들지 못하고
몇 개의 잔기침으로 자리에 누웠
다 열아홉의 나이로
나도 따라 눕고
강은 또 어디에서인가 내려와
집 앞을 열심히 흘렀
다 밤이면
익숙하게 잘려나가는 나무의 뿌리
더이상 천장을 뚫지 않았
다 밤의 문을 열면
문턱에 가득히 쌓여 있는 톱밥
그해 여름이 다 가도록
누이는 일어나지 못하고
강은 쉬지 않고 흘렀
다 마침내 아버지도 눕고
가족 모두가 누워버렸을 때
강은 또 어디에서인가 내려와

집 앞을 지나
어디론가 흘러갔다

귀가

그날 이후
나는 돌아가지 않았네
뒷산 아카시아 꽃잎들
죽음의 냄새를 무럭무럭 뿜어올리던
그날 이후, 나는 돌아간 적 없네
시간이란 손가락에 낀 반지
몸을 맡기면
시간은 나를 끌고
아주 작은 원을 그렸네
한 여자 떠나갈 때도
그 원 망가지지 않았네
결코 울지 않았네
그날 이후 나는 돌아가지 않았네
아카시아 꽃잎들 죽음의 향기 가득 피우고
아카시아 뿌리들 세차게 휘감겨와도
나는 돌아가지 않았네
시간이란 손가락에 낀 반지
몸을 맡기면
시간은 나를 끌고
한없이 외로운 원을 그렸네
아카시아 향기에 취해 잠들지 못했네
그 원 소용돌이쳐도 울지 않았네
다시는 울 수 없었네

그날 이후 나는 한 번도 돌아간 적 없네

키 작은 단풍나무

내가 비에 젖으면 두 배로 젖고 있는 분재는 아버지가 기르시는 단풍나무 분재. 이상도 하지. 어떻게 저 작은 나뭇잎 푸르러지고, 노란 물 들고, 붉어지는지. 사시사철 흉내를 다 낼 수 있는지. 하지만 키 작은 단풍나무 분재를 나는 얼마나 싫어했던가. 잘린 가지를 들고 먼 곳보다 더 먼 곳까지 가고 싶어했지. 그곳에서 잠들지 못하는 아버지의 잠을 한아름 안고 오면, 컴컴한 밤, 아버지는 헛기침 소리를 멈추실까.

단풍나무는 왜 계절보다 먼저 붉어졌는지. 엎어져도 울지 않았던 컴컴한 밤을, 상처투성이 내 무릎은 기억해낼 수 있을까.

흩뿌리는 가랑비…… 두 배로 비 맞는 단풍나무 분재. 그런데, 목덜미를 환하게 적시는 피 냄새가 있다. 오늘처럼 가랑비 흩뿌리던 날, 술 취한 아들이 만난, 아들처럼 혼자 술 드시던 아버지. 아버지는 카바이드 불빛 아래서 옆모습만 살짝 비추셨던가. 그날 밤, 키 작은 단풍나무에 걸려 엎어져 하염없이 흘러내리던 코피. 코끝을 타고, 입술을 타고, 가슴속을 환하게 적시던 냄새가 언뜻, 단풍나무 냄새였던가, 따뜻한 피 냄새였던가.

시인 이솝씨의 행방 1

나무들이 허공 속으로 양팔을 쭉 뻗어 올리자
후드득 단추들이 떨어진다. 겨울이 들켜버리는
순간이다. 갑자기 양파 속처럼 눈이 시려온다.

몸이 무거워진 것일까. 한 발을 떼어놓을 때마다
보도블록 한 장씩이 달라붙는다. 오래전에 버린 질문처럼
안간힘을 다해 척척 달라붙는다.

어쩌면 내 기억은 잘못 익은 유산균 음료 같은
것인지도 몰라. 그 속에 가느다란 빨대나 처박고 사는
나는 병든 짐승인지도 몰라. 빨대를 냅다 던져버리고 달아나면?

날아가는 새들의 발이 보인다. 전에는 없었던
일이다. 보도블록 한 장씩을 양발에 꿰차고 바람을
거슬러올라간다. 그들이 불끈불끈 솟아올랐음을
나는 안다. 그들은 어느 숲속에다 저들의 길을 내고 있는 것일까.

여기저기서 나무들이 양팔을 뻗어 올린다. 저들의
뿌리는 너무 깊게 박혀 있다. 벌받는 아이처럼
손을 올릴 때마다 후드득 단추들이 떨어진다. 단추들을
주워 들고 걷기 시작한다. 버릴 데가 없다.

시인 이솝씨의 행방 2

길 위에 버려진 똥을 보고 있노라면
똥 눈 짐승의 창자가 들여다보인다
놀라워라, 똥 눈 짐승의 내부가 보인다

밤샘 끝의 새벽녘, 거울 속의 너를 보고 있노라면
퍼질러앉아 멍하니 쳐다보는 너를 보고 있노라면
놀라워라, 세상이 환히 들여다보인다

시퍼런 멍이 보인다

시인 이솝씨의 행방 3
— 1990년

이제는 바다에 가지 않는다 앰뷸런스 한 대가 소리치며 달려와 금세 사라진다 누군가 죽어가거나 태어난다는 사실이 문득 머물렀다 이내 사라진다 한때 이 길 위로 걸어가면 예언자가 되고 싶었다 가로수 그늘 아래서 부르던 노래를 나는 기억한다

이 길로 곧장 가면 바다가 솟아오르리라 이제는 가지 않는 바다 내가 버린 질문은 다 씻겨져 망망대해로 흘러갔을까 잎 떨군 가로수가 두 발을 버둥댄다 누가 저 가로수를 땅속 깊이 처박아놓았을까

거리를 활주로 삼아 휙휙 솟아오르는 빈 봉지들 바다를 활주로 삼아 하얗게 날치떼가 솟아오르곤 했다 날개 달린 물고기…… 시를 쓰는 일은 행복 없이 사는 훈련 같다고 어느 시인은 썼다 어떤 빙신이 행복 없이 사는 훈련을 한단 말인가 행복이란 대체 있기나 하단 말인가 휙 솟아올랐다가 컴컴한 골목 속으로 사라지는 저 빈 봉지들 헛것인 영혼들

아이 하나가 골목 안에서 뛰어나오다 넘어진다 산타가 그려진 풍선이 아이의 손을 떠나 까마득한 하늘 깊숙이 파묻힌다 두 손을 들어 귀를 막는다 아이가 울음을 멈추고 엎드린 채로 이쪽을 빤히 쳐다본다 바다로 가는 버스가 힐끔 쳐다보고 그냥 지나간다

시인 이솝씨의 행방 4

이 강가에 얼마나 자주 나오곤 했던가
많은 것을 학대해왔고, 나는 너무 많은 것에
부끄러워했다 헤어질 것 많아 강가에 나오면
얼굴에 물때가 끼일 때까지 서 있곤 했다 앞을 지나가는 것들은
하나같이 슬픈 표정을 지어 보였고
나는 물푸레나무처럼 서서 하늘 같은 바닥을 향해
끊임없이 손을 헤젓곤 했다
이 강가에 얼마나 자주 나오곤 했던가 또한
얼마나 오랫동안 머물곤 했던가
지금 나는 또 이렇게 강가로 나와
한없이 숨어드는 위쪽을 한번 보고, 또한 바다로 흘러드는
하류 쪽을 한번 보면서
길 잃은 어린 갈매기처럼 두리번거리는 것이다
이 강가에 얼마나 자주 나오곤 했던가
때로는 분노가 밀려와 무수히 돌을 던지고
때로는 알 수 없는 연민이 가득히 밀려와
종일 물수제비만 뜨곤 했었다
그러나 지금도 내 머릿속을 맴도는 말들
—녹슨 펌프, 파헤쳐진 흙, 높이 솟은 첨탑, 검은 새
모두 병들고 찌든 얼굴을 한 것들임을 나는 안다
내 나이는 아직 젊고 나는 행복에 관하여 노래하고 싶다
스쳐가는 것들은 왜 하나같이 무덤 속을 열어 보이는지

……나는 보고 싶지 않다
하지만 지금 나는 또 이렇게 강가로 나와
물수제비 멈춘 자리에 나를 멈추어 세우고
온몸에 물때가 끼일 때까지 서 있는 것이다
삼십년대에 백석이, 그리고 윤동주가 그리하였던 것처럼
이 강이 시작한 쯤에 서 있을 대관령의 흰 자작나무떼와
이 강이 끝나는 쯤에 매어져 있을
안목 하구의 그 작은 빈 배를 생각하는 것이다

시인 이솝씨의 행방 5

—초당(草堂)

굶주린 산이
제 살을 끌어당겨 골짜기를 만들고
스스럼없이 눈을 받는 겨울입니다
펑펑 내리는 눈은
겨드랑이까지 적셔오구요

한때는 굴속에 갇힌 토끼처럼
핏발 선 눈을 부릅뜨고
두 귀를 쫑긋 세우던 때가 있었지요

그러나 지금은 귀멀고
한결 눈 밝아졌습니다
거미줄같이 얽혀 있던 핏대도 사라졌구요

여기가 숲속인지 아득한 바닷속인지
분간할 수 없습니다
나무들은 해초처럼 흔들리고
새들은 느린 속도로 지느러미를 움직입니다

모든 길들이 사라지고
그 어떤 길이나 낼 수 있는 지금
저는 갇혀 있는지요
저는 자유로운지요

시인 이솝씨의 행방 6

지나가는 구름이 가엽고
내 마음이 솜틀 같을 때가 있다
입을 열면 뭉게뭉게 떠다니는 말들, 알 수 없는
연민과 슬픔 따위

나는 물밑 세상을 너무 많이 보았구나
투명한 얼음 밑으로
환히 떠다니던 고기떼
잡지 않고 그냥 들여다보기만 했던
추운 겨울날들

오후 네시의 빈 의자

오후 네시에는
배고픈 개들도 얌전하다
플라타너스는 생각난 듯 한여름의 먼지를 떨어내고
산부인과에서는 방금 태어난 아기가
길게 하품을 한다 두리번두리번 광장을 둘러본 뒤
울음소리를 한 옥타브 낮추는 비둘기들
느릿느릿 광장을 가로지르는
달팽이 한 마리가
나룻배처럼 떠 있다

오후 네시에는
아무도 광장의 주인이 되려 하지 않는다

빈 의자는 오래도록 비어 있다

도망자

—동해

한 사내가 바다 앞에서 서성거린다
얼마나 많은 시간이 흘러갔는지 그는 기억하지 못한다
삶은 얼마나 많은 핑곗거리를 마련해두고 있는지
그는 한때 삼류 소설을 열심히 읽은 적도 있었다
삼류 같은 삶을 살고 싶은 적도 있었다
그러나 소설 속의 주인공들은 이내 사라져버렸으므로
그도 주인공들을 버렸다 (개나 데려가라지)
그가 기억하는 것은
자갈밭과 더럽혀진 잔모래들, 녹슨 이끼들뿐
그는 일생의 하루를 바다에 닿는 데 탕진했다
겁 많은 자들이 그러하듯 그도 보고 싶은 것만 보았다
그것이 그의 죄였다
자신의 일생을 그 무엇에도 비유하지 못한 죄
그는 겁이 많았다

안개가 몰려와 그의 두 발에 철커덕 수갑을 채운다
그는 중얼거리기 시작한다
허겁지겁 말들을 주워먹는다
그의 입가에 모래알들이 밥알처럼 묻어난다
일생의 하루를 아무것도 보지 못하고 흘려보낸 죄
그는 안개 탓이었다고 소리친다
(아아! 개나 데려가라지)

7번 국도

—등명(燈明)이라는 곳

사랑도 만질 수 있어야 사랑이다

아지랑이
아지랑이
아지랑이
길게 손을 내밀어
햇빛 속 가장 깊은 속살을
만지니

그 물컹거림으로
나는 할말을 다 했어라

정선 가는 길

오래지 않아
내 손금을 읽을 수 있는 날이 찾아오면
내가 만지는 나무도 기다린 듯 붉게 물들고
내 사랑도 만산홍엽으로 우거지리
그러면 아픈 날들도
이렇듯 산과 산 사이에 길을 내고
나그네처럼
훠이훠이 지나가지 않을까
실직한 마음을 가을 산에 묻으며
정선 가는 길에 접어들면
앞서가던 차도 문득 나그네처럼 아득하고
마음의 절벽도 붉게 물든다

그 절벽 어디쯤에
내 사랑도 돌단풍으로 피어

내 마음속 당나귀 한 마리

내 마음속에는
언제부터인가 당나귀 한 마리 살고 있다
귀가 몹시 커다랗고
고개를 잘 숙이는 당나귀

그 당나귀가
잘 우는 당나귀인지, 잘 안 우는 당나귀인지
나는 모른다 그러나 오랜 친구를 찾아가거나
한없이 느린 걸음으로
이 도시의 외곽을 배회할 때
어느덧 내 마음속에 들어와
커다란 눈망울을 굴리는 당나귀 한 마리

나는 이 당나귀가 좋아
풀만 먹고 하루를 보낼 때가 많다

종이 계단

벚꽃이 화사하게 피니
즐겨 오르던 이 길이
어쩐지 허구 같다 곧장 가면
죽음에도 닿을 것 같아
가던 길을 싹둑 자르고 돌아선다

죽음이, 완벽한 허구 같고
죽음이 완벽한, 허구 같고

자꾸 쉼표를 지우며
내리는 꽃이파리들, 눈꽃들
풍비박산의 아름다움 속에 사는
헛것인 영혼들

스위치백식 기차를 타고

—태백선

스위치백식 기차를 타고
간다 너에게로
하늘나라 반짝이는 별도
이렇게 가다가는 닿을 수
있겠다, 있으리라, 허나
지금 눈 내리는 산을 타고
오르다가 내려가고
다시 올라가 닿는 그 어디
네가 산다는
벽촌으로 가는 스위치백식 기차
창밖으로 내리는 눈 같은 거야
한때의 눈물이고
한때의 보석이지만
언 볼을 어루만지며
이 겨울의 산굽이를 오르는 사람들
뒤돌아보면
재빨리 사라지는 두 줄의 선로가
눈 속에서 지워지고 있다
주먹만한 함박눈이 차창을 때리는
어두운 산속
차라리 눈감으며
오르다가 내려가고
다시 올라가 닿는 그 어디

네가 산다는 벽촌으로 가는

백야

도시의 여기저기에서 고래고기를 파는 장사꾼들이 생겨났다 어른들은 등받이도 없는 나무의자에 앉아 남태평양 한복판에서 잡았다는 고래고기를 씹으며 소주잔을 비웠다

공룡 뼈 같은 구조물이 들어서고 색색의 천막이 그 위를 덮자 놀랍게도 멋진 궁전이 지어졌다 난쟁이들과 하얀 분을 바른 어릿광대들이 잇달아 들어오고 귀에 익은 음악에 맞춰 원숭이들은 높은 나뭇가지에서 춤을 췄다

우리에 갇힌 사자가 으르렁거리자 아이들은 우르르 몰려가 돌을 던졌다 사자는 이빨을 보이며 더욱 으르렁거렸고 아이들은 더 무겁고 딱딱한 돌을 찾아 강물 깊은 곳까지 들어갔다 벌겋게 취한 어른들이 서로의 멱살을 잡고 싸울 때마다 고래심줄 같은 핏줄이 섰다

아이들은 어른이 될 때까지 더 깊은 강물 속으로 헤매고 다녔다

빈집

아이는 홀로 남아 고드름이 되었다
추운 밤, 처마끝에 매달려 몰래몰래 울었다

아버지 돌아온 뒤에도 아이는 몰래몰래 물방울이 되었다
추운 밤, 창문을 열면 처마 가득 고드름 주렁주렁 열렸다

그 아이 자라서 아버지 같은 어른이 되었지만
추운 밤마다 작아져 또르르 물방울이 되었다

지금은 몹시 추운 밤, 나는 빈집으로 가는 길을 안다

안목 하구

하구로 가는 길이
마음의 골짜기 같을 때
그 깊은 골짜기 어디쯤에
슬픔도 따라오지 못할 길이 있었던가

너무 버거워
그림자를 물에 담그면
태평양 같은 삶이
환히 보이곤 했었다

그 깊은 골짜기 어디쯤에
자기 상처가 둥지인 새 한 마리
훨훨 날고 있었던가

춘삼월

고드름 하나
오래도록 사라지지 않고
방안을 들여다본다

물방울로 태어나
물방울로 다시 돌아가는
고드름의 일생이
지금 막 꽃망울을 터뜨리고 있다

낡은 책이며
닳아빠진 이불
이제는 들여다보지 않는 먼지 낀 거울도
황소 눈만한 물방울 속에
떠 있다

따뜻한 봄은
너무 일찍 찾아온 것일까
막 피어나는 꽃망울이
푸르르 떨고 있다

별

일찍 뜨는 별은
마음 약한 별, 천년을 슬퍼하고
천년을 그리워하며

자기를 들여다볼 수 없어
마음을 통째로 삼켜버린 별

파로호 1

저 먼 데서 누가 아픈가
잔물결이 시름시름 밀려온다
바다보다 더 깊은 파로호에는
아직도 남아 있는 고인돌, 푸릇푸릇 숨쉬고
그 위로 가을 햇살이
부챗살처럼 쏟아져내린다

저 먼 데서 누가 아픈가
은사시나무 이파리들, 잔물결처럼 반짝이고
고인돌처럼 서서
온몸에 빗살무늬를 꿈꾸는 그는

파로호 2

진달래는 피고 지고
배가 고파
배가 고파
나는 못 살겠네

청산을 모두 먹어도
배가 고파
배가 고파
더는 못 가겠네

해는 지고
항아리 하나 먹고
달은 뜨고
검은 항아리 하나 먹고

배가 고파
배가 고파
낯선 그대가 가네

저 깊은 파로호
환한 심연 속으로

언별리(言別里)

상처에 길들여진 사람들이
몸을 눕히는 그곳으로
바람에 몸을 눕히는 연푸른 풀잎처럼
다가가리라 이열종대로
길을 몰고 가는 전봇대들의 긴 그림자가
끝나는 곳, 은사시나무 이파리들이 햇빛을 뒤채일 때마다
한 번씩 빛깔을 바꾸는 풍뎅이가
낮은 잠을 청하는 그곳으로

바람에 몸을 눕히는 연푸른 풀잎처럼

낯익은 자의 죽음

—故 기형도

물방울 하나가 처마끝에 매달려 두리번두리번거리는 사이 찬바람이 몰려와 그의 몸을 딱딱하게 만들었다 그 짧은 순간 물방울 하나는 너무 많은 말을 중얼거렸다 허공 속에 집을 짓는 거미처럼 물방울 하나는 애써 지나온 길과 그가 떠나온 집, 그가 만난 휘황찬란한 세계를 묵묵히 받아들였다 너무 많은 중얼거림이 그의 집을 무겁게 만들었다 돌이킬 수 없는 세상이 그의 집을 흔들어댔다 이미 굳어버린 입속에서 조금씩 혀를 움직이며 물방울 하나는 세계의 끝을 향하여 천천히 내려갔다…… 낙하하고 있었다.

3부

자작나무 숲

내 멀미의 끝에는
언제나 눈부시게 환한 자작나무 숲이 있었지
자작나무……
한순간에 온몸을 태워버린 불꽃나무가
흰 수의를 입고 있는 듯
자기의 죽음을 오랫동안 애도하고 있는 듯

그러나 가까이 다가가보면
온몸에 칭칭 붕대를 감고 있는
내 청춘의 흰 숲, 자작나무떼

언제나 가득히 비린내를 풍기던
염소 창자 속 같은 대관령 아흔아홉 구비는 알고 있을까
멀미 끝에서 만나는
언제나 거기 눈부시게 환한 자작나무 숲

스쳐지나가기만 해도
어느새 줄줄줄 전신을 감아오는
자작나무, 그 하얀 붕대의 비밀을
집 떠난 새털구름은
알고 있을까

철새는 날아간다

철새를
지상에서 밀어올리는 힘은
팔 할이 연민이다
그 어떤 힘도
경포호에서 추운 시베리아로
철새를 날아가게 할 수 없으니

저 외로운 날개 밑에는
얼마나 많은 연민이 숨어 있는가

단식 광대 1

입이 비뚤어졌으니 너의 웃음이 시대적이로다
귀가 당나귀 귀처럼 커졌으니
너의 귀기울임도 시대적이로다
코가 딸기처럼 붉어졌으니
너의 괴로움이 시대적이고, 너의 취함이 영원하도다

그리고 낯선 시월의 밤이 찾아와
바람 불고 낙엽 부서지는 소리 들려올 때
너의 긴 그림자 끌리는 소리

뒤돌아보지 마라

단식 광대 2

—발가락이 닮았다

육십년대는 나의 출생과 닮지 않았고
칠십년대는 나의 십대와 닮지 않았고
팔십년대는 나의 이십대와 닮지 않았다

구십년대는 나의 삼십대와 또한 닮지 않을 것이고
그 이후의 생도 별반 다를 게 없을 것이니

잘들 가거라, 나의 시대여
발가락만 내려다보는 불쌍한 나여

황접가(黃蝶歌)

내 사랑이
십자가처럼 무거울 때
춘천 향교 옆 은행나무 두 그루는
여전히 노란빛으로 환했다

열병처럼 환한
은행나무 두 그루 사이에
노란 길이 새로 열리고
그 길로 내 사랑도 얼른 지나갔으면
나비처럼 가벼웠으면
꿈꾸기도 했다

어쩌지 못하는 사랑에
고개 숙이고 걸을 때
혹은, 춘천 향교 옆 은행나무 두 그루 사이를
먼산 보듯 지나갈 때

휘파람처럼 쏟아져내리던
노란 나비떼

행진곡

텅 빈 극장 안에서
남자와 여자는 두 개의 모래 언덕처럼 앉아 있었네

화면은 아라비아 사막 어딘가를 헤매고 있었고
남자와 여자는 가끔씩 손을 들어
서로의 어깨에 쌓인 모래알을 털어내주곤 했네

텅 빈 극장 안은 어두웠고
그러나, 화면은 너무 밝아서 눈이 시려왔네
눈부신 사막, 독이 오른
선인장 가시가 금방이라도 태양을 눈멀게 할 것 같았네

화면 속에 낙타의 행렬이 지나가자
여자는 훌쩍이기 시작했네
남자의 가슴에 얼굴을 묻고
여자는 조용히 눈물을 흘려보냈네

남자가 여자의 어깨를 감싸주자
여자는 남자의 허리를 감았네
남자와 여자는 모래 언덕처럼 천천히 무너져내렸네

수천 년 된 모래시계처럼
서로의 몸속으로 천천히 흘러

쌍봉낙타 한 마리가
적요한 사막 한가운데를 타박타박 가고 있었네

두 갈래 길

나에게도 두 갈래 길이 있었습니다
한 길은 안목 가는 길
다른 한 길은 송정 가는 길

한 길은 외로움을 비수처럼 견디는 길
다른 한 길은 그대에게로 가는 먼길

그 길들 바다로 흘러가기에
이것이 삶인가 했습니다
찬물에 밥 말아 먹고
철썩철썩 달려가곤 했습니다

나에게도 두 갈래 길이 있었습니다
한 길로 가면 그대가 아프고
다른 한 길로 가면 내 마음이 서러울까봐
갈림길 위에 서서 헤매인 적도 많았습니다

하지만, 길 아닌 길 없듯이
외로움 아닌 길 어디 있을까요
사랑 아닌 길 어디 있을까요

나에게도 두 갈래 길이 있었습니다

잠든 그대

잠든 그대 너무 이뻐
나 그대를 떠날 수 없네
한낮의 사랑은 믿을 수 없는 사랑
열 번을 더 헤어져도
잠든 그대 너무 이뻐
나 그대를 떠나지 않겠네

검은 속눈썹을 접어
달을 부르는 그대, 한낮의 고통
한낮의 이별 모두 조약돌로 가라앉히고
저수지처럼, 호수처럼 잠드네
잠든 그대 너무 이뻐
나 오늘도 별과 함께 떠오르겠네

갈대의 춤

잎을
다 던져버린 나무들이야말로
흐르는 강물의 비밀을
알 것 같으다 사시사철 푸르른 잎 틔웠던
나무들이야말로
강물의 끝을 이야기해줄 수
있을 것 같으다

그러나, 온몸의 피
다 던져버린 갈대의 춤은
얼마나 외로우리 바람 불면 우거지는
슬픔의 면적은
또한 얼마나 넓으리

강물 흐르다 멈춘 자리에
나를 멈추어 세우고
정신없이 바라보는
저 황홀한 춤

내 시는 자꾸 짧아만 간다

내 시는 자꾸
짧아만 간다 달걀을 네 개씩이나 프라이해 먹고
신라면 두 개를 삶아 먹어도
지치지 않고 살아오르는 허기
그런데 내 시는 자꾸 짧아만 간다
생은 라면발처럼 뚝뚝 끊어지고
허기는 가스불처럼 타오른다 이러다 이러다
이 거대한 세계를 다 담지 못해
터져버리는 것이 아닐까
더 잘라달라고 졸라대는 시 앞에서
농심표 신라면을 꾸역꾸역 빨아 넘기면
행간 사이를 비집고 걸어나오는 개 한 마리
말라빠진 거죽만 겨우 뒤집어쓰고
그림자를 길게 늘어뜨린 채
빌딩숲을 지나, 슬로비디오로

이방인

단지 햇빛 때문에
권총을 뽑았다는 말은 진실이다
쏟아지는 햇빛과
무심하게 반짝이는 수천수만의 모래알, 동공들

그 위를 헤매는
갈매기의 눈은 언제나 붉어 있다
자세히 보면
온통 핏발이다

천년 전에는

내 사랑이 힘겨우면
네 집 앞 봄 바다에 귀기울여봐
아지랑이 봄 바다가
옥빛으로 전하는 말
천년 전에는, 천년 전에는……

그 사랑 돌이킬 수 없이 무거울 때
네 집 앞 바다 소나무에게 물어봐
천년 전에는, 천년 전에는……

설국 간다

마른 비 내리다
그치고, 어느새 눈발이 친다
빗방울 세던 마음이
자꾸만 길을 잃는다

멀리 가면
거기가 내 마음이라고
무량무량
흰 눈은 쌓이는 걸까

허겁지겁 눈을 먹는 마음이
설국 간다

가을비에 젖다

하반신을 못 쓰던 그 여자애는
매일 어머니 등에 업혀
학교에 나오곤 했다

학교 앞 그애의 집 앞을 지날 때면
아름다운 피아노 소리가 흘러나와
내리는 비를 어디론가 불러가곤 했는데

오늘처럼 비 내리는 날
그애가 치던 피아노 소리는
또다시 내 방에 흘러들어와
생의 먼 곳을 적시곤 하는 것이다

어머니

눈이 침침해지신 어머니
내 귀를 후벼주지 못하시네
이제는 세상에서 제일 빠른 잠 들지 못하겠네
이제는 세상에서 제일 깊은 잠 들지 못하겠네

무릎이 자주 저리시는 어머니
내 무거운 머리 받아주지 못하시네
이제는 세상에서 제일 빠른 잠 들지 못하겠네
이제는 세상에서 제일 깊은 잠 들지 못하겠네

석류꽃 피고 석류꽃 지고

석류꽃 피고
석류꽃 지면

내 덧니 많은 사랑과
상처들, 건잡을 수 없는 청춘도
알알이 여물겠지요
그러면, 부끄러운 듯
이쁜 치아를 보여드릴 수 있겠지요

석류꽃 피고
석류꽃 지고

내 청춘도 가구요

문학동네포에지 066
강릉, 프라하, 함흥

1판 1쇄 발행 1998년 4월 30일
2판 1쇄 발행 2004년 9월 30일
3판 1쇄 발행 2023년 2월 6일

지은이—이홍섭
책임편집—김민정
편집—유성원 김동휘 권현승 유정서
표지 디자인—이기준 김유진
본문 디자인—이주영
마케팅—정민호 이숙재 김도윤 한민아 이민경 정유선 김수인
브랜딩—함유지 함근아 김희숙 고보미 박민재 박진희 정승민
제작—강신은 김동욱 임현식
제작처—영신사

펴낸곳—(주)문학동네
펴낸이—김소영
출판등록—1993년 10월 22일 제2003-000045호
주소—10881 경기도 파주시 회동길 210
전자우편—editor@munhak.com
대표전화—031-955-8888 / 팩스—031-955-8855
문의전화—031-955-2696(마케팅), 031-955-8865(편집)
문학동네카페—http://cafe.naver.com/mhdn
인스타그램—@munhakdongne / 트위터—@munhakdongne
북클럽문학동네—http://bookclubmunhak.com

ISBN 978-89-546-9019-5 03810

www.munhak.com
문학동네